JIN KYUNG

Du und 10 Tage

JIN KYUNG

Du und 10 Tage

von

Haru Ahn

Bibliografische Information der Deutschen Nationalbibliothek:
Die Deutsche Nationalbibliothek verzeichnet diese
Publikation in der Deutschen Nationalbibliografie; detaillierte
bibliografische Daten sind im Internet über
http://dnb.d-nb.de abrufbar.

2. Auflage
© 2012 Haru Ahn
Satz, Umschlaggestaltung, Herstellung und Verlag:
BoD – Books on Demand GmbH

ISBN: 978-3-8448-9391-5

Für Bedschi

Gebe mir die Gelassenheit, Dinge hinzunehmen, die ich nicht ändern kann, den Mut Dinge zu ändern, die ich ändern kann und die Weisheit, das eine von dem anderen zu unterscheiden.

Vorwort

Jin Kyung,

ich sitze an diesem kalten und nassen Dezembermorgen an meinem Schreibtisch und frage mich, ob meine gestrige Entscheidung richtig war. Wir sagten uns Lebewohl. Vielmehr bestand ich darauf. Ich sagte Dir, dass ich so nicht mehr weitermachen will – nicht weitermachen kann. Ich möchte mit Dir zusammen sein, ich möchte mit Dir glücklich sein, mit Dir die Welt sehen, ich möchte, dass wir uns beide geborgen fühlen und zusammen alt werden. Eine Frau wie Dich habe ich noch nie getroffen. Oft sagte ich Dir, dass ich durch meinen Beruf als Pilot viele Orte gesehen habe, täglich viele schöne Frauen um mich herum habe. Aber Du bist einzigartig. Du bist impulsiv, verletzlich, emotional, sexy, verzaubernd … und Du bist vergeben!

Aber ich wusste es vorher. Bereits damals im September 2011, als Du das erste Mal meine Mitbewohnerin besucht hast. Doch ich sah Dich und wusste, dass ich mit Dir zusammen sein möchte.

Wir verstanden uns sofort, lagen auf einer Wellenlänge. Ich nahm Deine Hand und das Karussell des Lebens drehte sich, anfangs langsam und dann immer schneller – bemerkt haben wir es anfangs wohl beide nicht.

Die gemeinsamen Treffen wurden häufiger, vertrauter, wir flogen gemeinsam in den Urlaub. Ich unterstützte Dich, wo ich nur konnte.

Und nun, neun Wochen später, habe ich Dir Lebewohl gesagt. Weil Du vergeben bist, weil Du nicht mir gehörst.

Auch Dir fiel der Abschied schwer. War es deshalb, dass Du im Restaurant wenig gegessen hast? Erstmalig sagtest Du schöne Dinge zu mir. Sah ich Tränen in Deinen Augen?

Der 16.12.2011 – dieses Datum habe ich Dir genannt. Bis dahin sollst Du Dich entscheiden, ob Du zu mir kommen willst, für immer. Es spukt in meinem Kopf herum, es lässt mich nicht los. Dann wird es sich entscheiden, wirst Du entscheiden …

Ob ich Angst habe? Ja, große Angst …

6. Dezember 2011

Ich stehe in meinem Zimmer. Ich fühle mich leicht betrunken, in meinem Kopf dreht sich alles. Was ist eben passiert? Was habe ich getan? Ich habe der Frau, die ich über alles liebe, Lebewohl gesagt? An diesem Ort, wo ich aufgewachsen bin, man könnte es Heimvorteil nennen.

Um 17 Uhr wollten wir uns treffen. Du schriebst, dass Du ein bisschen später kommst. Es macht mir nichts, ich warte gerne auf Dich. Dann endlich, da bist Du! Umwerfend siehst Du aus: Dein wunderschönes koreanisches Gesicht, die tolle Figur. Ein Stich in meinem Herzen, der sagt: Ich will Dich, mehr als alles andere. Ich möchte Dich glücklich machen, auf Händen tragen, Dir Deine Sorgen und Ängste abnehmen. Aber das kann ich nicht, denn Du hast einen Freund. Liebst Du ihn wirklich noch? Ich will es wissen, aber zugleich habe ich Angst vor der Antwort. Aber warum treffen wir uns so oft? Warum kommen wir uns körperlich immer näher? Es kann so nicht weitergehen. Ich leide. Und Du siehst auch nicht glücklich aus. Ich schiebe diese Gedanken beiseite. Du setzt Dich, es geht los. Es ist der Anfang vom Ende.

Du sitzt mir gegenüber und siehst traurig aus. Deine Stimme ist gedämpft und kraftlos. Das habe ich nicht erwartet. (Bedeute ich Dir so viel oder lese ich zu viel in Deinen Augen?) Wir bestellen. Du willst das Gleiche wie ich. (Ich wundere mich.) Dann versuche ich die gedrückte

Stimmung ein wenig aufzuheitern, doch es gelingt nicht wirklich. Du schaust mir bohrend in die Augen. (Sehe ich kleine Tränen darin?) Du erzählst, dass Du mir zwei kleine Salzstreuer für die neue Wohnung gekauft hast, dass Du im Telekom-Shop nach einer neuen Handytasche für mich Ausschau gehalten hast. Du wirkst verändert. Warum jetzt? Warum kommen Deine Gefühle – endlich! – an die Oberfläche? Du sagst die schönsten Worte, die ein Mensch einem anderen nur sagen kann: »Bei Dir kann ich immer sein, wie ich wirklich bin.« Mir wird warm ums Herz. Du sitzt jetzt neben mir. Ich habe das Gefühl, dass auch Du die Nähe suchst. Ich stelle das Notebook vor uns hin, wir wollen noch etwas nachschauen.

Wieder berührt Deine Hand die meine. Wieder lässt Du sie dort liegen. Wir sitzen dicht beieinander und ich merke, dass wir zusammengehören. Jetzt, in diesem Moment, weiß ich es ganz genau, dass wir nur glücklich sein werden, wenn wir uns lieben können.

Ich versuche Dir zu erklären, warum ich nicht mehr kann, warum ich gehen möchte. Du verstehst es, doch Du wirkst gehetzt. (Brauchst Du mehr Zeit?) Du sagst, Du seist nicht glücklich mit Deinem Freund. (Dann mach' doch endlich Schluss, um Gottes willen! Hast Du Angst? Vertraust Du mir?) Leise sagst Du mir, dass alles scheiße sei. Wie Du Weihnachten verbringst, ist ungewiss. Zu den Eltern wolltest Du, aber das scheint sich geändert zu haben. Dir geht es nicht gut. Du bettelst, dass ich noch ein wenig durchhalte: Geh nicht! Aber ich kann nicht mehr. Ich möchte Dich berühren, spüren – einfach lieben dürfen. Ich möchte nicht, dass Du jeden Abend wieder zu ihm fährst. Viel hast Du davon erzählt. Auch heute sagst Du, dass Dein Freund noch ein Kind ist. Ich glaube an die Liebe. Wenn Du mich liebst, kommen wir zusammen, wenn nicht, bleibst Du bei ihm.

Wir haben das Essen beendet. Du hast die Hälfte übrig gelassen. Wir gehen hinaus. Schnee – na toll. Den Hund Deines Freundes, den Du immer bei Dir hast, holen wir aus dem Auto. Lass uns noch eine Runde gehen, sage ich. (Ich will es nicht zu lang werden lassen, es ist alles gesagt worden.) Wieder fragst Du mich, warum ich gehe, warum ich keinen Kontakt mehr will. Ob es denn anders wäre, wenn wir zusammen wären, willst Du wissen. Natürlich, was für eine Frage. Dann würde uns die Welt gehören! Verletzlich bist Du, viele Männer haben Dich verarscht. Dabei hast Du einen treuen Charakter. Du brauchst Zuneigung und Unterstützung. Der Schneefall wird stärker. Auf eine Zigarettenlänge unterhalten wir uns noch in Deinem Auto. Es ist kalt und ungemütlich. Du fährst los, willst mich beim Haus meiner Eltern absetzen. Viel zu schnell sind wir dort. Nun gibt es kein Zurück, ich habe ich es so gewollt. Ich überreiche Dir meinen Brief.

Der 16.12.2011, an diesem Tag soll es entschieden sein. Zehn Tage gebe ich Dir Zeit: er oder ich. So einfach. Ich will eigentlich keinen Druck auf Dich ausüben, aber hätte ich nicht gesagt, dass ich gehen will – wären Deine Gefühle dann heute so an die Oberfläche gekommen? Du musst am 16.12. nicht kommen. Ich werde trotzdem auf Dich warten in einem romantischen Hotel in der Idylle. Ich werde dort sein. Wenn Du nicht kommst, sollst Du auch nicht absagen. Du bist da, oder eben nicht. Aber wenn Du kommst, hast Du Dich für uns entschieden, mit Deinem Freund ist es dann zu Ende. Zehn Tage sollten reichen, in zehn Tagen kann man sich entscheiden – wenn man sich liebt. Ich sage Dir Tschüss und will aussteigen, doch Du hältst mich zurück, willst mich umarmen. Du machst es nicht freundschaftlich, nein, sondern gefühlvoll mit beiden Armen. Fest ziehst Du Dich an mich heran. Ich streichle Deinen Rücken, Dein Haar. Ich habe das Gefühl, ich dürfte Dich küssen, aber ich traue mich nicht, zu sehr bin ich überrumpelt von Deiner Nähe. Ich flüstere Dir ins Ohr, dass Du eine wundervolle Frau bist, dass ich gerne immer bei Dir wäre. Ich sage Dir, dass Du etwas Besseres verdient hast. Ich löse die Umarmung und Du schaust mich an. Ich streichle Dein Gesicht. Du lässt es zu. Ich steige aus und schließe die Fahrzeugtür. (Du sagst nicht Lebewohl, das fällt mir auf.)

Ich schaue Dir nach, wie Du wegfährst. Unendlicher Frieden erfüllt meinen Körper. Ja, sage ich immer wieder, es war richtig so. Eben haben sich zwei Liebende umarmt, da bin ich mir sicher. Nun liegt es an Dir, Dich zu entscheiden. Jetzt heißt es warten, zehn Tage lang. Wirst Du Dich vorher melden oder nie mehr? Wirst Du am 16.12. kommen? Ich weiß es nicht, aber ich warte. Ich liebe Dich.

7. Dezember 2011

Ich habe nicht sonderlich gut geschlafen. Nachts hatte ich das Telefon neben meinem Bett liegen. Auch hatte ich gehofft, dass Du mir schreibst. Aber ein anderer Teil von mir hoffte auch, dass Du es nicht tust, denn Entscheidungen brauchen Zeit. Ich habe Angst, dass Du Dich vielleicht doch nicht an unsere Abmachung hältst, dass Du dich plötzlich bei mir meldest und erklärst, warum es nichts wird. Aber soll ich mich denn so in Deinen Gefühlen getäuscht haben? Umarmt man einfach jemanden so innig und so lange, wenn einem nichts an der Person liegt? Noch ist es keine vierundzwanzig Stunden her, dass ich Dir den Brief gegeben habe. Hast Du ihn überhaupt gelesen? Ich schaue mehrmals am Tag auf das Handy, teils mit Hoffnung und teils mit Furcht. Was machst Du gerade? Was denkst Du? Fehle ich Dir auch? Wir haben uns noch vor Kurzem so oft geschrieben, jetzt soll das plötzlich nicht mehr so sein? Mir fällt es schwer, unsagbar schwer, doch tief in meinem Inneren spüre ich, dass dieser Entschluss richtig war, dass die Zeit, das Schicksal nun alles entscheiden soll. Ich stelle mir vor, wie es wohl sein wird, wenn Du am 16.12. doch kommen solltest. Wie es wohl ist, wenn Du mir sagst, ja, ich will mit Dir zusammen sein. Es wäre die Erfüllung eines Traumes. Mit Dir die Welt entdecken, mehr von Dir erfahren, Dich lieben, weil Du so bist, wie Du bist. Ich sagte Dir einmal, dass ich in früheren Beziehungen gerne auch mal allein sein wollte. Doch bei Dir ist das anders. Ich will Dich um mich haben, ich will alles mit Dir zusammen machen,

Du störst mich nicht, denn wir gehen in dieselbe Richtung, das spüre ich. Das gefällt mir, das möchte ich immer haben, jeden Tag.

Am Abend rufe ich Lena an, die uns einander vorgestellt hat. Ich suche das Gespräch mit ihr, denn ich möchte ihr von uns erzählen. Wird sie mir Mut machen oder wird sie mir sagen, dass es nichts zwischen uns beiden wird? Sie ist sich fast sicher, dass Du uns eine Chance geben wirst. Sie kennt Deinen Freund, kein schlechter Kerl, aber zu jung, zu bequem und ohne richtige Vorstellung, was für eine Zukunft er haben will. Man kann es ihm wahrscheinlich nicht übel nehmen, er ist kaum erwachsen, will sich noch austoben, hat im letzten Jahr mit Dir Schluss gemacht. Doch ich habe oft von Dir gehört, dass Du Sicherheit und Geborgenheit suchst, eine Zukunft, Heirat, Kinder. Ich will Dich, ich will für Dich sorgen, Dich lieben und mit Dir alt werden. Willst Du es auch? Dann pack' es an, schmiede Dein Glück, entscheide Dich und hab' keine Angst! Ich habe Dir die Zukunft mit mir gezeigt, Du weißt, was Dich erwartet. Ich erzählte Lena davon. Sie sagt, Du hättest Deinem Freund, wenn Du unterwegs bist, immer SMS geschrieben. Nervig viele. Wenn wir zusammen waren, hast Du ihn kaum bis gar nicht kontaktiert. Ein gutes Zeichen? Lena findet das. Ich auch. Aber reicht es? Du müsstest ihm sagen, dass Du Schluss machst, dass Du ausziehst. Bist Du bereit dazu, stark genug? Ich glaube an die Liebe, an unsere Liebe, wenn es sie denn auch von Deiner Seite gibt. Genug geredet, Lena ist müde. Ich bin guter Dinge, da sie zuversichtlich ist, dass es mit uns etwas wird.

Es ist spät, ich sehe noch ein bisschen fern. Morgen muss ich arbeiten. Wieder in die Ferne fliegen, nach Afrika. Dort möchte ich mit Dir hin, Hand in Hand den Strand entlanggehen, verliebt im Sand liegen. Ich habe viele Träume, die ich mit Dir leben möchte. Du weißt es. Ich habe es Dir oft gesagt.

Ich gehe ins Bett. Das iPhone liegt eine Spur zu dicht neben mir. Egal, einschlafen werde ich. Gute Nacht.

8. Dezember 2011

Sechs Uhr. Aufstehen, fertig machen, zur Arbeit. Schnell noch auf das Handy geschaut: keine Nachricht von Dir. Ich bin traurig, aber zugleich freue ich mich. Ich hoffe, Du denkst nach über uns. Dein Traum, Pilotin zu werden, gibt es ihn immer noch? Ich hoffe es. Selbst wenn wir uns nie wiedersehen, solltest Du Dein Ziel nicht aus den Augen verlieren. Ich erinnere mich noch gut, wie Du mit mir in der Cessna saßt. Zum ersten Mal hast Du ein Flugzeug geflogen. Du warst so glücklich. Ich wollte Dir mehr von diesem Gefühl geben, aber immer stand Dein Freund zwischen uns. Wir waren wie zwei Vögel im Käfig.

Ich denke viel an Dich, vermisse Deine liebe, süße und unschuldige Art. Ja, das beherrscht Ihr Asiaten so gut. Ich bin machtlos – ich will machtlos sein. Unser Kennenlernen: Es war einzigartig, ein Traum. *Sofort* verstanden wir uns, *sofort* schrieben wir uns fast täglich. Ich verwöhnte Dich, wo und wie ich nur konnte. Anfangs hast Du Dich gewehrt, Du hattest ein schlechtes Gewissen, Du wolltest das alles nicht. Langsam, mit der Zeit, hast Du es akzeptiert, auf Händen getragen zu werden. Ich wollte, dass Du keinen Stress hast, wenn wir uns treffen, dass Du Dich wohlfühlst. Ich wollte ein vollendeter Gentleman sein, Dir zeigen, dass es die romantisch veranlagten Männer, die sich um eine Frau aufrichtig bemühen, noch gibt. Nie habe ich Dich bezahlen lassen, immer sagte ich Dir, dass ich von Frauen kein Geld annehme. Was hast Du Dich darüber geärgert. Doch nach und nach schien es Dir zu gefallen. Und welche Frau wird nicht gerne verwöhnt?

Wir flogen nach Dubai, einfach so. Ich erinnere mich noch genau. Wir standen am Flughafen und wollten weg, einfach nur hinaus aus Deutschland, Last Minute. Nun, wir beiden kamen wohl zur Super-Last-Minute an. Seoul sollte es zunächst werden, doch wir bekamen keinen Flug. Aber wir hatten Glück, es ging nach Dubai und wir starteten. Wir flogen in unseren gemeinsamen ersten Urlaub. Hatte ich mir Hoffnung gemacht, dass etwas zwischen uns passieren wird? Nein, das hatte ich nicht. Ich wollte Dich nie für eine Nacht oder nur als Affäre. Ich wollte Dich von Anfang an ganz, das wusste ich schon damals. Es waren schöne Tage. Wir teilten uns ein Apartment mit zwei Schlafzimmern.

Es war am Dienstag, unserem zweiten Tag in Dubai. Wir gingen in einen Club, der auf seiner Karte auch alkoholische Getränke führte, was in Dubai nicht einfach zu finden ist. Ich trank Corona. Später ging es ins Hotelzimmer und wir setzten uns aufs Sofa, Du mir direkt gegenüber. Ich war betrunken, vielleicht weil ich Mut brauchte. Aber ich wollte es Dir sagen, ich wollte, dass Du weißt, dass ich mich in Dich verliebt habe. Also sagte ich es. Du schienst wenig überrascht. Hattest Du es geahnt? Ich weiß es nicht. Wenig hast Du an diesem Abend gesagt. Ja, Du hast einen Freund. Aber muss das bedeuten, dass es aussichtslos für uns ist?

Du gingst in Dein Zimmer, ich in das meine. Wenige Meter lagst Du nur von mir entfernt. Ich wollte um alles in der Welt bei Dir sein, Dir nahe sein, Dich spüren. Aber ich wollte keinen One-Night-Stand. Auch wusste ich, dass Du es niemals zulassen würdest. Du bist nicht eine dieser Frauen. Du bist treu und willst klare Verhältnisse. Hast Du einen Freund, gehst Du nicht fremd. Und doch fiel es mir schwer. Ich lag allein hier in meinem Raum. Die Frau, in die ich mich verliebt hatte, nur wenige Meter entfernt. Aber es war richtig. Ich werde nicht jünger. Ich will eine Frau, mit der ich gemeinsam alt werden kann. Warum muss nur alles so perfekt sein? Warum sind wir hier? Ein Liebespaar und doch wieder keins?

Die Tage vergingen und wir lernten uns besser kennen. Du hattest kein Problem damit, dass ich Dir meine Liebe gestanden hatte, und verhieltest Dich wie immer. Du zeigtest nicht mehr Distanz, aber auch nicht weniger. Was dachtest Du? Ich weiß es nicht. Doch hast Du manchmal gefragt, ob ich damit klarkomme. Ich sagte ja. Es war alles noch am Anfang. Dann der Rückflug. Wieder sprachen wir darüber, denn auch Dich schien es zu beschäftigen. Nach der Landung in Hamburg brachtest Du mich bis Neumünster. Im Auto dann die letzten Worte: Du weißt nicht, was Du davon halten sollst. Selbst wenn Du keinen Freund hättest, wüsstest Du nicht, ob es mehr zwischen uns werden würde. Es war ein Stich ins Herz. Ich war verletzt, doch zeigte es nicht. Ich blieb stark. Ich verabschiedete mich und wünschte Dir eine gute Heimreise. Heim zu Deinem Freund und Deinem Leben. Würdest Du mir schreiben, dass Du Streit mit ihm hast und er Dir unseren Kontakt verbietet? Ich wusste es nicht, doch ich fürchtete mich davor.

Dann der Abend nach unserer Rückkehr, Du fragst, wie es mir geht. Und ich wusste, wir werden weitermachen, ich wusste, es wird nicht weniger.

Spät ist es hier in Afrika. Ich bin müde. Keine SMS von Dir, keine E-Mail, nichts. Ist das ein gutes Zeichen oder eher nicht. Noch 8 Tage, dann ist der 16.12. Ich fürchte mich vor diesem Tag. Ich weiß, dass ich alles auf eine Karte setzte. War es zu früh? Hätte ich noch warten sollen? Ich konnte nicht mehr. Ich wollte nichts mehr von Deinem Freund hören. *Ich* will mit Dir zusammen sein. Die Entscheidung war richtig. Wenn wir uns lieben, dann kommen wir zusammen. Aber liebst Du mich? Anzeichen sind da. Oder nicht? Vielleicht liegt es an meinem Job? Magst Du keine Piloten? Ich wäre viel unterwegs, begegne oft anderen Frauen. Heute bin ich in Johannesburg, Samstag geht es zurück. Ich gehe schlafen. Gute Nacht. Ich vermisse Dich so sehr.

9. Dezember 2011

Unruhig geschlafen, obwohl mir die Zeitverschiebung eigentlich nichts ausmacht. Ich arbeite seit elf Jahren als Pilot und ich bin es gewohnt. Es ist die Wartezeit, die mir zu schaffen macht. Doch bin ich auch berauscht, denn ich habe mein Bestes gegeben. Ich habe Dir gezeigt, wohin ich mit Dir will, was ich Dir geben möchte. Auch weiterhin mache ich mir Gedanken. Kann ich also hoffen?

Dienstag war unser letztes Treffen. Du hattest Dir Zeit genommen, bis spät nach 20 Uhr. Dein Freund war sicherlich um diese Zeit schon zu Hause. Du hast zum ersten Mal gesagt, dass Du nicht glücklich bist mit ihm und dann schnell das Thema gewechselt. Dir war es egal, geschrieben hast Du ihm nicht. Es gab nur uns beide. Ein gutes Zeichen? Ja, und es gibt davon so viele. Aber reichen sie? Ich verlangte viel von Dir: Schluss machen, aus der Wohnung ausziehen, Dich auf mich einlassen. Du sagtest bei dem Treffen, dass Du weißt, dass Dein Freund noch ein Kind ist, dass er nicht heiraten will. Jeden Tag wiederhole ich diese Sätze in meinem Kopf, den schönsten allen voran: »Bei Dir kann ich immer sein, wie ich wirklich bin.« Dies ist das stärkste Argument, es muss reichen, ich hoffe es so sehr. Ich möchte Glück haben und ich möchte es mit Dir haben. Das Leben ist nicht immer fair, man kann nicht alles haben. Auch das habe ich Dir gesagt.

Was wäre, wenn Du am 16.12. nicht kommst? Schreibe ich Dir noch mal? Rufe ich Dich an? Fahre ich zu Deiner

Arbeitsstätte und besuche Dich? Nein, ich denke nicht. Weil es dann einfach nichts mehr zu sagen gäbe. Ich wäre unglaubwürdig und würde mir wie ein Bettler vorkommen. Du könntest mich nicht mehr ernst nehmen. Denn ich habe diesen Weg gewollt – nicht Du. Jetzt ist es zu spät. Ich könnte Dir schreiben, dass ich alles zurücknähme (nur ein Spaß). Aber wie stände ich dann da? Wie ein kleiner Junge, der die Hosen gestrichen voll hat, der nicht die Nerven hat, diese Sache durchzustehen. Nein, ich werde es durchstehen, koste es, was es wolle. Bei euch in Deutschland ist es jetzt nachts. Gehst Du, wie jedes Wochenende, wieder in die Disco? Bei unserem letzten Treffen sagtest Du mir, dass es Dich eigentlich anödet, dieses Partymachen jedes Wochenende. Gefällt es Dir? Bist Du glücklich? Ich denke nicht. Oft hast Du es durchblicken lassen. Viele Menschen sagen, man soll die Finger von vergebenen Personen lassen. Ich sage, warum? Warum darf man sich nicht dennoch verlieben, warum nicht trotzdem hoffen, dass man zusammenkommt? Eine Beziehung ist doch kein Besitz, kein Anspruch fürs Leben. Ich habe oft beobachtet, auch unter meinen Kollegen, dass sich nach einiger Zeit Gleichgültigkeit und Unaufmerksamkeit in die Partnerschaften einschleicht. Das Kennenlernen ist die schönste Zeit, so sagen viele. Da bemüht man sich noch, zeigt sich von der besten Seite. Der Mann lädt die Frau ein, ist gepflegt, höflich, aufmerksam, weltoffen und zeigt für alles Pioniergeist. Für viele Männer ist nur die erste Nacht das Ziel. Hat man sie erst im Bett gehabt, werden einige Gänge zurückgeschaltet. Warum danach noch 100 % geben? Sicherlich, viele machen es nicht absichtlich so, sondern unbemerkt schleicht es sich ein. Ich denke, es liegt daran, dass viele eine Beziehung hauptsächlich über Sex definieren. Doch ist es wirklich nur die körperliche Verbundenheit, die zählt? Ich sage nein. Für mich sind es die kleinen Dinge, die das Zusammenleben erst ausmachen. Dinge oder Eigenarten, die kein anderer von meiner Freundin weiß. Darum liebe ich sie. Du sagtest einmal, dass es Dich nicht stört, wenn Dein Freund mit anderen flirtet. Aber ich finde, dass es ein Betrug an der Liebe ist. Oft wird argumentiert, dass der Mann Bestätigung braucht. Er muss sich beweisen, dass er noch andere Frauen haben kann, begehrt ist. Aber warum soll diese Bestätigung nötig sein? Reicht es nicht, wenn man von *einer* Frau, eben der eigenen Freundin, geliebt und bestätigt wird? Ich möchte behaupten, dass viele einfach nicht wissen, was Liebe ist. Sie sprechen davon, doch wissen sie eigentlich damit nichts anzufangen. Ich glaube auch nicht, dass man den Partner kennenlernen kann, wenn nur genügend Zeit vergeht. Wie viele Paare leben zusammen und doch aneinander vorbei, die Kommunikation auf ein Minimum reduziert? Doch ist nicht die Zeit entscheidend, sondern das Interesse, einfach mal fragen, wie es dem Anderen geht, was ihn beschäftigt oder bewegt, seine Träume oder Wünsche in Erfahrung bringen. Nur weil der Partner nichts davon erzählt, heißt es nicht, dass diese nicht existieren. Zusammensein heißt miteinander sein. Doch der heutige Mann ist egoistisch, Veränderung mag er nur selten. Allzu oft ordnet sich aber auch die Frau unter. Aber ist sie damit glücklich? Du hast mir erzählt, dass es Dich stört, dass er im Haushalt nichts macht, dass er zu nichts Lust hat. Dass er Dir sagt, dass Du nervst und zu viel redest. Aber verletzen solche Worte nicht? Sagt man solche Dinge einer Person, die man liebt? Nein, das tut man nicht. Oft habe ich das Gefühl, dass Du die Antwort schon lange kennst, aber Dich selber noch belügst. Sicher, ihr seid drei Jahre zusammen, und doch hat er im letzten Jahr Schluss gemacht. Warum? Er wolle sich noch austoben, neue Frauen kennenlernen. Er ging und ließ Dich allein. Macht man das mit einem Menschen, den man wirklich liebt? Nein, bestimmt nicht. Dann kam er nach Wochen zurück, sagte, er wisse nun, dass nur Du die Richtige bist. Stimmt das? Warum brauchte er Wochen, gar Monate, um das zu wissen? Ich glaube ihm nicht. Zu Weihnachten hat er Dich vergessen, zum dreijährigen Jubiläum hast Du auch nichts bekommen. Du sagtest mir, dass es okay sei, da er kein Geld hat. Nein, es ist nicht okay. Auch mit wenig Geld kann man seinem Partner eine Freude machen und sei es ein Blumenstrauß aus dem Garten oder ein schönes, selbst gekochtes Essen. Aber jedes Wochenende Party und Saufen, dafür hat er Geld. Nein, ich glaube, bei ihm geht es schon lange nicht mehr um Liebe. Er ist bequem, weil Du alles für ihn machst. Du schmeißt den Haushalt, kochst, machst sauber und hilfst ihm auch mit Geld. Hast Du nicht auch in Hannover einen Job für ihn gesucht, hast Dir freigenommen und bist mit ihm zum Vorstellungsgespräch gefahren? Und wie hat er es Dir gedankt? Hatte keinen Bock, obwohl die Firma ihn wollte. Er ist 21 Jahre, fast noch ein Kind, er kann Zeit verschwenden. Aber was ist mit Dir? Du wirst 27. Du hast diese Zeit nicht mehr. Und Du möchtest mehr, Du möchtest geliebt werden, Schutz und Geborgenheit, eine Zukunft haben. Du sagtest, dass Geld nicht das Wichtigste sei. Das stimmt, aber ohne geht es nun leider auch nicht. Ihn noch zu unterstützen ist hart, auch sein bester Freund leiht sich Geld von Dir. Dein Konto geht ins Minus. Warum tolerierst Du das alles? Du weißt, dass ich das – mag sein – altmodische Bild in meinem Kopf habe, dass der Mann die Frau versorgt, sie auf Händen trägt, ihr jegliche Last abnimmt und ihr Sicherheit gibt. Ich habe Dich nie bezahlen lassen, ich habe Dich immer eingeladen und Dir einige Deiner Wünsche erfüllt. Ich wusste, dass Du so gerne ein iPhone 4S wolltest, und ich habe Dir diesen Wunsch gerne erfüllt. Auch wenn wir nicht zusammenkommen, habe ich Dich in den letzten Wochen doch glücklich gemacht, und das ist ein schönes Gefühl. Ich bin nicht berechnend, das weißt Du. Ich gebe gerne und wenn, dann ist es von Herzen. Warum hunderte von Euro ausgeben für eine Frau, mit der es dann doch nichts wird, fragen sich vielleicht viele Männer. Die Antwort ist einfach: Liebe funktioniert so nicht. Frauen haben da sehr feine Antennen. Sie merken schnell, ob ein Mann berechnend ist. Und ich wollte, dass Du mich so kennenlernst, wie ich bin: großzügig, verliebt und frei. Wie auch meine Liebe zu Dir frei ist. Nie habe ich Dich unter Druck gesetzt, nie habe ich Dir Vorwürfe gemacht. Auch jetzt nicht. Ich bin weder böse noch enttäuscht, aber ich musste gehen, ich konnte nicht mehr. Ich kann meine Finger nicht mehr von Dir lassen. Dienstag haben wir uns zum ersten Mal fest umarmt, gestreichelt, und ich weiß: Mehr denn je will ich Dich spüren, mit Dir zusammen sein! Ein Blick auf das iPhone: keine E-Mail, keine SMS, kein Anruf von Dir. Gut oder schlecht? Ich weiß es nicht. Doch ich wünsche mir, dass Du wirklich darüber nachdenkst. Zehn Tage sollten reichen, da bin ich mir sicher. Ich gehe nun schlafen. Hier, in diesem fremden Land, so weit weg von Dir. Morgen geht es zurück nach Deutschland. Gute Nacht.

10. Dezember 2011

Guten Morgen! Der Tag beginnt fast schon mit einem festen Ritual: dem Blick auf das iPhone. Alles ruhig, keine Nachricht von Dir. Oft bin ich versucht, Dir zu schreiben, aber das würde nichts bringen. Ich habe gesagt, was gesagt werden musste, und nun heißt es abwarten. Ich möchte Dich nicht manipulieren oder sonst wie beeinflussen. Überreden zu einer Beziehung mit mir? Nein, das möchte ich wirklich nicht. Frei soll unsere Liebe sein und ungezwungen sollst Du Dich entscheiden. Zwar verlierst Du mich als guten Freund, aber das kannst Du wohl noch verschmerzen. Lena hat gesagt, dass sie sich vorstellen kann, dass Du am Freitag, den 16.12. kommen wirst. Weiß sie mehr oder kennt sie Dich doch besser als ich? Sie ist sich sicher, dass Du es bereuen würdest, wenn Du nicht kämst. Lena findet Deinen Freund nett, sagt aber auch, dass er viel zu jung für Dich ist und Dich nicht glücklich machen wird. Summa summarum müsste das ausreichen, damit es zwischen uns was wird. Ich denke an Deine Worte vom Dienstag – bei unserem letzten Treffen: »Bei Dir kann ich immer so sein, wie ich wirklich bin!« Darauf möchte ich vertrauen. Mehr kann sich ein Mensch von einem anderen nicht wünschen. Ich werde nun duschen und dann frühstücken. Und ich werde all die Pärchen in der Hotellobby sehen und Dich vermissen.
Bis später …

Ich komme mir ganz und gar blöd vor. Eben habe ich im Internet einige Liebestests absolviert. Mann, wie alt bin ich denn! Und doch möchte ich ein wenig daran glauben. Noch kein Wort von Dir, keine SMS, keine E-Mail – einfach nichts. Einige würden sagen, das ist ein gutes Zeichen, da nimmt sich jemand wirklich Zeit zum Nachdenken. Andere mögen sagen, es ist ihr einfach egal. Aber das glaube ich nicht. Dafür warst Du bei unserem letzten Treffen zu bedrückt. Auch glaubte ich zu sehen, dass Du Tränen in den Augen hattest. Ob wir jetzt wohl gerade beide leiden? Schaust Du auch auf ein stummes iPhone und wartest auf eine Nachricht? Vier Tage haben wir uns nun nicht gehört, nicht gesprochen. Nur noch sechs Tage, dann weiß ich es ganz genau. Ich sehne den Tag herbei, doch fürchte ich mich auch vor ihm. Wirst Du um sechs Uhr da sein? Oder gar nicht erscheinen? Oder wirst Du es spannend machen und erst um acht kommen? Ich sehe mich dort schon allein sitzen, unglücklich und traurig. Aber es war richtig so.

Es ist Weihnachtszeit, das Fest der Liebe und der Hoffnung. Ich fühle mich wie ein frisch verliebter Teenager. Ich mache weiter Onlineliebestests, frage das Dr.-Sommer-Team und bin auch sonst recht albern. Aber ist man denn jemals zu alt dafür? Warum nicht die Liebe so erleben, wie es einem guttut. Liebe zu erleben bedeutet, das Leben zu fühlen. Trauer, Schmerz, Hoffnung, all diese unkontrollierbaren Gefühle zuzulassen. Noch eine Stunde, dann geht es los zum Flughafen, wieder arbeiten – endlich. Das Handy muss ausbleiben und ich darf fliegen. Beschäftigt. Stunden der Entspannung.

Bisher war mein iPhone mein Freund, aber nun wird es zum Feind. Nie will es den Eingang Deiner Nachricht verkünden. Wenn ich doch nur wüsste, wie es Dir geht, was Du machst. Heute ist Samstag. Wirst Du einfach mit Deinem Freund und Freunden wieder in die Disco gehen, so wie jedes Wochenende? Es schien so, als hätte ich dir den letzten Boden unter den Füßen weggezogen. Du sagtest: Alles doof, Weihnachten ist in der Schwebe. – Was ist bei Dir los? Ich möchte Dir Halt geben, Dich auffangen. Ich kann es. Ich weiß, wie glücklich Du immer bist, wenn wir zusammen sind. Ich muss warten, Freitag werde ich es wissen. Und es wird gut sein, egal wie es ausgehen wird. Zehn Tage des Wartens und der Hoffnung werden dann enden. Liebe gewinnt immer. Liebe versetzt Berge. Und wenn Du nicht kommst, dann war es halt keine Liebe. Andere mögen sich damit trösten, dass Du Deinen Freund nicht verletzen wolltest oder dass Du Angst hattest. Aber ich glaube nicht daran. Das ist alles Quatsch. Für heute reicht es. Ich mache mich nun fertig für die Arbeit. Ich muss einfach warten. Ich tue es gern – für Dich.

11. Dezember 2011

Heute um 5.20 Uhr sind wir in Deutschland angekommen. Es war ein ruhiger Flug. Ich mag meinen Job. Nach der Landung habe ich natürlich gleich mein iPhone eingeschaltet. Es blieb stumm, keine Nachricht von Dir. Ich weiß gar nicht, warum ich so sehr darauf hoffe. Was solltest Du auch schreiben? »Hallo, Sam, ich komme am Freitagabend und dann sind wir zusammen«? Das würde doch allem den Zauber nehmen. Oder: »Sorry, aber ich bleibe bei meinem Freund, das wird nichts mit uns.« Ich habe Dich in meinem Brief darum gebeten, mir keine Absage zu schicken, sondern das Schicksal entscheiden zu lassen. Sicher, Du könntest es einfach ignorieren und mir trotzdem schreiben. Du könntest mich bitten, dass wir einfach Freunde bleiben, also so weitermachen wie bisher. Aber Du meldest Dich nicht. Es beunruhigt mich. Bin ich Dir so egal oder denkst Du nach? Viele Fragen, keine Antworten. Ich möchte Dir schreiben, ich möchte es jetzt wissen. Aber das wäre kindisch und wenig charakterstark. Ich habe gesagt, dass ich mich nicht melden werde, und daran muss ich mich halten. Was werde ich Freitag, den 16.12. machen, wenn Du nicht kommst? Allein im Hotelzimmer sitzen und Trübsal blasen? Nein, das liegt mir nicht. Auch Betrinken hilft mir nicht. Ich trinke eigentlich nur gerne, wenn ich mich wohlfühle, wenn ich glücklich bin. Ich werde meinen Computer mitnehmen und im Internet surfen, einen guten Film über iTunes ansehen, mich ablenken. Ich werde Dir keine SMS schreiben, nicht hinterherbetteln. Du kennst mich seit mehr als zwei Monaten, Du weißt, was Dich erwartet. Das sollte reichen. Wie sehr habe ich es genossen, wenn Du neben mir saßt, zarte Berührungen entstanden. Es war alles einfach so perfekt. Wie im Film. Nichts war abgesprochen, alles ergab sich einfach so am Dienstag bei unserem letzten Treffen. Fünf Tage ist es nun her. Die Zeit vergeht und das ist auch gut so. Ich möchte nicht ewig warten.

Ich frage mich immer wieder, warum so viele Paare zusammenbleiben, obwohl sie unglücklich sind. Ist es aus Gewohnheit oder aus Angst, sich auf etwas Neues einzulassen? Oder stecken materielle Gedanken dahinter. Hat unsere Gesellschaft uns dazu erzogen, materielle Absicherung einer glücklichen Beziehung vorzuziehen? Es scheint so. Aber soll Liebe denn heute unmodern geworden sein? Sicher, Filme, Bücher, alle sprechen von der Liebe, aber ich bin mir sicher, dass nur die wenigsten wissen, was Liebe wirklich ist. Ich möchte es so erklären: Liebe ist, sich auf etwas bedingungslos einzulassen, verletzlich zu sein, verwundbar, kein Sicherungsseil zu haben. Liebe bedeutet, sich fallen zu lassen, auf die Gefahr hin, dass man hart auf dem Boden aufschlägt. Liebe heißt, Angst zu haben, aber auch Sehnsucht, Hoffnung und Hass. Liebe macht rasend, wütend und leidenschaftlich zugleich. Man kann sie weder kontrollieren, noch kann man sie kaufen, es gibt keine Bedienungsanleitung für sie. Liebe macht manchmal naiv und blind, aber man erlebt sie intensiv, man fühlt sie in ihrer ursprünglichen und reinen Form. Viele Männer würden mich einen Dummkopf schimpfen, weil ich so viel Zeit und Geld in eine Frau investiert habe, mit der es dann doch nichts geworden ist. Aber soll ich es bereuen? Sollte ich Dir sagen, dass Du mir erst etwas wert bist, wenn Du mit mir zusammen bist? Nein, ich glaube, gerade weil ich offen und ungezwungen Dir gegenüber bin, sind wir bis hierhergekommen. Du weißt, dass Du bei mir frei sein kannst. Frei in Deinen Entscheidungen. Jederzeit hättest Du den Kontakt mit mir beenden können und keine bösen Worte wären geflossen. Das ist mein Verständnis von Liebe: Frei muss sie sein. Werde ich leiden, wenn es am Freitag nichts wird, wenn Du nicht kommst? Ja, das werde ich. Aber eine alte Weisheit sagt: »Lieber geliebt und verloren, als niemals geliebt zu haben!« Danach möchte ich leben. Ich kann mit einem Korb fertigwerden. Das gehört dazu. Denn ich kann mein restliches Leben lang sagen, dass ich es versucht habe. Ich habe mein Bestes gegeben und darauf kommt es an.

Ich trat in Dein Leben und habe Dir eine Alternative aufgezeigt, Dir neue Wege offenbart, Dich unterstützt und Dir Mut gemacht. Ein neuer Job, ein neuer Freund? Keine einfache Entscheidung, aber niemand kann sie Dir abnehmen. Ob Du Dich mit Deiner Schwester besprichst, Rat bei ihr einholst? Versteh' mich nicht falsch, ich möchte mich nicht als »Frauenversteher« darstellen, aber ich denke, dass ich mit meinen Ansichten nicht ganz falsch liege. Ich bin mit zwei Schwestern aufgewachsen – das prägt. Früh habe ich gelernt, selbstständig zu sein, meinen Haushalt selbst zu regeln. Ich wollte kein »Pascha« sein, der seine Frau alles machen lässt. Ich kann gut kochen, das weißt Du. Nur wenige Männer zeigen dafür Interesse. Du wolltest mich oft von Neumünster zurück nach Kiel fahren, doch ich lehnte immer ab. Das muss nicht sein, ich kann den Zug nehmen. Mir macht Laufen, Anstehen und Warten nichts aus. Ich möchte Stress von Dir nehmen. Ich tue es gern. Bequem war ich noch nie, bin unermüdlich, habe immer Kraft. Ich mache Menschen gerne glücklich. Und ich bekomme ja auch selbst Geschenke. Hätte ich am Dienstag nicht Lebewohl gesagt, hätte ich niemals diese schönen Dinge gehört: dass Du gerne bei mir bist, dass Du bei mir übernachtest, wenn es zu stark schneit, dass Du bei mir so sein kannst, wie Du wirklich bist. Das macht mich glücklich. Es spielt keine Rolle, was jetzt noch kommt oder was nicht kommt. Diese Dinge hast Du zu mir gesagt und sie kamen von Herzen. Vielleicht brauchst Du diesen Anstoß, vielleicht kommst Du sonst nicht aus dieser Situation heraus. Vielleicht fällt es Dir so leichter, Dich zu entscheiden. Zehn Tage hast Du Zeit, alles zu überdenken. Jetzt sind es noch fünf. Stellst Du Deinen Freund nun auf den Prüfstand? Dienstag hast Du ihn nicht erwähnt. Du sagtest mit keiner Silbe, dass wir nicht zusammen sein können, weil Du ihn liebst. Als wir uns zum Abschied fest umarmten, sagte ich Dir, dass Du etwas Besseres verdient hast. Du hast mir nicht widersprochen.

Ich bin heute zum Adventskaffee eingeladen. Abends schreibe ich dann weiter. Ich vermisse Dich so sehr.

12. Dezember 2011

Gestern war ich erst spät zu Hause. Der Adventskaffee war sehr nett, ein wenig Ablenkung. Nachts war ich wieder allein mit meinen Gedanken. Heute ist Montag. Die letzten Tage laufen. Noch keine Nachricht von Dir. Ist das gut oder schlecht, ich weiß es nicht. Sich einfach keinen Kopf machen, das sollte meine Devise sein. Ich denke viel zu viel darüber nach und ich kenne mich: Wenn Du Freitag nicht kommst, falle ich erst mal in ein tiefes Loch. Deshalb will ich vorbereitet sein, damit ich aus diesem Loch schnell wieder herauskomme. Ich werde im Hotelzimmer auf Dich warten, an diesem schicksalhaften 16.12. Die Frau, die ich liebe – wird sie kommen? Manchmal habe ich Angst, Dich könnte der Gedanke an ein Hotelzimmer abschrecken. Vielleicht denkst Du, ich will gleich mit Dir schlafen. Dann fällt mir aber ein, dass wir in Dubai auch zusammen in einem Apartment auf dem Bett gesessen und Fernsehen geschaut haben. Ich denke, Du weißt, dass der Ort, an dem wir uns treffen, egal ist. Ich werde Dich zu nichts drängen, aber ich habe bewusst einen intimeren Ort gewählt. Für den Fall, dass Du kommst, will ich eine schöne Atmosphäre schaffen. Wir können allein sein, uns nah sein, uns unterhalten.

Morgen ist eine Woche um. Eine Woche lang hatten wir keinen Kontakt, auch nicht über SMS. Ich möchte wissen, wie es Dir geht. Bist Du auf der Arbeit? Hast Du noch den Nikolausstrauss, den ich Dir via Internet geschickt habe?

Oder hast Du ihn aus Wut weggeschmissen? Ich hoffe nicht. Manchmal, wenn ich so darüber nachdenke, kommt das Gefühl hoch, dass Dir dies alles völlig egal sein könnte. Ich mache mir seit Tagen einen Kopf, bin aufgeregt ohne Ende und Du hast vielleicht schon kurz nach dem Lesen meines Briefes Deine Entscheidung getroffen. Vielleicht hast Du ihn auch weggeworfen, ohne ihn zu lesen. Nun, ich weiß es nicht und möchte es auch nicht wissen, heute zumindest nicht. Ich möchte die Ungewissheit, ich möchte, dass Freitag kommt und ich nicht weiß, was passieren wird. Denn das habe ich so gewollt. Ich stelle mir vor: Du kommst, wir sitzen gemütlich zusammen, eine Kerze brennt, vielleicht ein wenig Musik und die ersten zarten Berührungen. Der erste Kuss. Ach, das wäre ein Traum, der wahr würde. Und ich weiß, dass es genau das ist, was unser Leben ausmacht. Es ist nicht der Job, auch das viele Geld, nein, was wir hinterlassen, ist nicht so wichtig wie die Art, wie wir gelebt haben. Ich möchte diese Situation niemals bereuen. Viele Menschen sind stumpf, wenig empfänglich für starke Gefühle, denn die stören, machen uns nervös, können uns verletzen. Aber durch sie leben wir. Wir fühlen. Der Körper ist in solchen Zuständen wie elektrisiert. Heute fragte mich ein Freund, dem ich unsere Geschichte erzählt habe, ob ich mich noch mal bei Dir melden würde, wenn Du am Freitag nicht kämst. Ich verneinte. Und ich werde es auch nicht tun. Ich habe alles auf eine Karte gesetzt. Ich habe von Dir verlangt, Funkstille zu wahren und Dich bis zum 16.12. zu entscheiden. Entscheiden heißt, Deine dreijährige Beziehung zu beenden, ihm zu gestehen, dass Du mit mir zusammen sein willst, und auszuziehen. Das ist ein ganz schön großer

Brocken, ich weiß, aber es ist nicht unmöglich. Du hast mir oft gesagt, dass Dein junger Freund sich noch austoben will, dass er nicht heiraten will, dass er genervt ist, weil Du ihm zu viel redest. Hey, dann entscheide Dich! Was willst Du, was ist gut für Dich? Diese Entscheidung kann Dir keiner abnehmen. Ich habe Dir eine Alternative aufgezeigt, eine Option. Du kannst frei wählen. Hast Du Angst vor dem Neuen oder dem Ungewissen? Ich auch. Aber, wenn es stimmt, was Du gesagt hast, wenn das Gefühl, das Du mir am Dienstag gegeben hast, wahr ist – dann sage ich, dass wir eine Zukunft haben.

Es ist spät. 23.25 Uhr. Freitag naht. Nachts beschleichen mich die Zweifel. Ich fürchte mich. Kenne ich die Antwort vielleicht schon? Hab ich zu viel von Dir verlangt? Keiner konnte mir eine klare Antwort geben, nur Vermutungen. Na ja, ist vielleicht auch besser so. Ich war heute kurz davor, Dir zu schreiben, natürlich nur als Vorwand, aber ich konnte mich dann doch beherrschen. Ich muss über einen albernen Spruch lachen: »Mach' Dich rar und werd' zum Star!« Es mag stimmen. Ich erinnere mich noch, wie ich die »Twilight«-Filme gesehen habe. Bella, die schöne Sterbliche, ist zwischen ihrer Liebe zu Jakob, dem Wolf, und Edward, dem Vampir, hin- und hergerissen. Jakob setzt sie unter Druck, redet ihr ein, dass sie ihn auch liebe, es nur noch nicht wisse. Er manipuliert. Er bekommt seinen Kuss. Am Ende jedoch entscheidet sie sich für Edward. Liebe muss frei sein. Könnte ich es erzwingen, dass Du Dich für mich entscheidest? Hätte ich mehr Druck machen, Dich einfach anfassen sollen, vielleicht schon während unseres Urlaubs?

Vielleicht hättest Du meine Hand weggeschlagen, es dann aber vielleicht doch erlaubt. Und dann? Wäre ich dann glücklich gewesen? Wäre es dann echt gewesen oder hätte ich Dich nur überrumpelt?

Letzten Dienstag im Auto: unsere erste und innige Umarmung. Du wolltest sie, Du hast mich aus freien Stücken darum gebeten. Das war echt, das war nicht erzwungen. So will ich Dich erleben. Ich habe heute daran gedacht, meine Ex-Freundin in China wieder zu kontaktieren. Warum? Ich glaube, ich möchte mir ein Luftpolster aufbauen, das meinen Sturz auf den harten Boden ein wenig dämpft. Ich möchte nicht zu sehr enttäuscht sein, wenn es Freitag nichts wird. Ist das unfair? Ja, vielleicht. Aber mit meiner Ex-Freundin und mir wird es eh nie wieder was. Es ist einfach nur ein Grashalm, an den ich mich klammere.

Morgen habe ich noch frei, Mittwoch und Donnerstag werde ich wieder fliegen. Ja, und dann ist Freitag. Freitag, der 16.12.2011. Eigentlich ein ganz unspektakulärer Tag, doch für mich wird er zum Entscheidungstag. Was werde ich tun, wenn Du nicht kommst? Nun, ich denke, ich werde einfach weiterleben. Später eine andere Frau kennenlernen und vielleicht glücklich sein. Aber Du bist einzigartig, unser Kennenlernen war einzigartig. Das gibt es so nicht noch mal. Habe ich erwartet, dass Du Dich in diesen Tagen meldest? Habe ich gehofft, dass Du gleich zusagst? Doch ich habe Dich darum gebeten, die zehn Tage Funkstille zu wahren. Du hältst Dich daran, allerdings vielleicht ... es hilft nichts, ich werde warten müssen. Ich glaube, ich kann damit leben, wenn Du nicht kommst. Aber ich könnte nur schwer damit leben, wenn ich Dir egal wäre. Ein Tschüss und das wars. Dann wäre ich sehr enttäuscht. Dann hätte ich mich sehr in Dir getäuscht und wäre unendlich traurig. Ich würde erwarten, dass Du doch noch einen Versuch startest, und sei es nur, um unsere Freundschaft zu retten. Aber wenn nach Freitag nicht einmal das kommt … das wäre schon schlimm.

Ich gehe nun schlafen. Dienstag kratzt schon an der Tür.

Gute Nacht.

13. Dezember 2011

Guten Morgen, 13. Dezember. Wie geht es Dir, was wirst Du mir bringen? Hm, vom Wetter her bist Du eher langweilig. Nass und kalt, von Schnee keine Spur. Noch etwas über zweiundsiebzig Stunden, dann habe ich *endlich* meine Antwort – oder soll ich lieber sagen *schon*? Ah, ich werd' noch verrückt.

Was für einen Mann wollen Frauen eigentlich, was ist ihnen wichtig an uns? Fangen wir mit den Männern an, was glauben wir, wie wir sein sollten? Ich denke, viele meiner Geschlechtsgenossen finden einen gut gebauten Körper und gutes Aussehen sehr wichtig. Im selben Atemzug nennen sie ein anständiges Gehalt, Gesundheit … vielleicht noch ein tolles Auto. Aber deckt sich das mit den Ansichten einer Frau? Worauf achtet die, was ist ihr wichtig? Ist eine Frau zufrieden mit einem gut aussehenden, gut verdienenden und gesunden Mann? Ich denke nicht. Die Zeiten haben sich geändert. Der Mann von heute muss ein Allroundtalent sein: humorvoll, er muss kochen können, sauber machen, gefühlvoll, verständnisvoll und unterstützend sein.

Doch darf er auch seine beruflichen Wünsche unter die ihren stellen? Viele Männer leiden heute darunter, dass die Freundin oder die Frau mehr Geld nach Hause bringt als sie. Aber woran liegt das? Warum haben wir Männer damit ein Problem? Fühlen wir uns als Platzhirsch verdrängt? Ist es einer der urzeitlichen Atavismen, die uns glauben machen, dass das starke Geschlecht das schwache beschützen muss? Dazu kommt, dass uns Frauen nicht selten überlegen sind. Dennoch glaube ich nicht, dass wir Grund zur Sorge haben müssen. Selbst wenn die Frau besser verdient, gibt es noch die klassische Rollenverteilung von Frau und Mann. Denn auch weiterhin freut sie sich, wenn er ihr schwere Sachen nach dem Einkauf abnimmt oder in schweren Stunden seine Schulter als Trost anbietet. Ich denke, dass Frau sich (wieder) nach einem Gentleman sehnt, einfach ein bisschen nach altmodischen Werten. Sicher, es mag aufregend sein, gleich am ersten Abend mit jemandem im Bett zu landen, aber mit echter Eroberung hat das nur wenig zu tun. Welche Frau möchte nicht umgarnt werden, den Hof gemacht bekommen. Zeigt er sich einfallsreich? Wohin fahren wir? Hat er interessante Gesprächsthemen? Auch wenn sie sich schon lange für ihn entschieden hat, kann es gut sein, dass sie die Situation noch verlängern, auskosten will. Die Frau von heute weiß allzu gut, dass Mann sich nur kurzzeitig förmlich selbst verbrennt. Solange er in Goldgräberstimmung ist, scheint alles möglich und kein Weg zu weit, denn er hat immer im Hinterkopf, dass er sie für sich gewinnen will. Ist die Schlacht erst einmal geschlagen, liegt das Goldgräbertal im eigenen Vorgarten, weite Wege werden gemieden und er schaltet ein paar Gänge zurück. Warum ist das so, dass das Zusammen*kommen* wichtiger ist als das Zusammen*sein*. Sollten wir Männer uns nicht lieber bei Letzterem aufopfern? Klar, das Sich-Bemühen ist schon spannend und sicherlich auch – wenn es denn klappt – ein Push für das eigene Ego. Aber ich freue mich lieber auf die

Zeit danach. Für mich heißt Zusammensein noch lange nicht, dass man am Ende angekommen ist. Jetzt geht es erst los. Frau gibt Mann eine Chance – und nun muss er beweisen, dass er sie verdient hat, und halten, was er versprochen hat. Die vielen Komplimente und das viele »Ich liebe Dich« wird oft leichtfertig dahingesagt. Oft dient es einem Zweck oder aber man glaubt es in diesem Moment sagen zu müssen. Ich mag den Zauber der kleinen Dinge, mit denen es anfängt: Man trifft sich regelmäßig, es kommt zu ersten Berührungen, vielleicht eine erste Nacht. Aber dann, ganz langsam, wenn Mann alles richtig macht, stellt sich eine Veränderung ein. Sie wird vertrauter, anhänglicher, vielleicht auch eifersüchtiger, aber auch liebevoller. Was ist das Ziel eines Zusammenseins? Kinder? Sex? Geld? Vielleicht ein bisschen von allem. Aber ich habe manchmal das Gefühl, dass viele diese Frage nicht beantworten können – oder sie sich nicht stellen wollen. Niemand ist gerne allein, doch sollte das kein Grund sein, eine Beziehung anzufangen. Denn eine Beziehung bringt Verantwortung mit sich. Sicherlich, in jungen Jahren ist das anders. Man ist noch verspielt, will sich austoben. Nur selten halten Beziehungen, bis man erwachsen ist. Aber über dreißig weht ein anderer Wind. In den meisten Fällen sind dann feste Absichten für eine gemeinsame Zukunft vorprogrammiert, wenn man zusammenkommt. Als wir in Dubai waren, hätte ich vielleicht meine Chance gehabt, vielleicht hätte ich es geschafft, dass wir im Bett landen. Aber wäre ich jetzt glücklicher? Wäre es wirklich eine Eroberung gewesen? Ich werde nächstes Jahr vierunddreißig Jahre alt. Ich möchte etwas mit Zukunft und ich möchte unsere beinahe perfekte

Situation nicht zerstören. Ich respektiere Dich, ich achte Dich. Noch drei Tage, dann ist der 16.12. Hilfe!

Ich habe eben lange mit Lena telefoniert. Auch wenn Sie zwölf Jahre jünger ist als ich, haben wir eine schöne freundschaftliche Basis. (Na ja, vielleicht mag es auch daran liegen, dass ich gar nicht so übermäßig erwachsen werden will. Sicherlich, ich habe einen tollen Job, als Pilot viel Verantwortung, doch sitze ich auch heute noch manchmal vor meinem Computer und spiele. Warum auch nicht?) Lena steckt auch gerade in einer kleinen Krise und so helfen wir uns gegenseitig, wir tauschen uns aus. Diesmal schien sie ein wenig verändert zu sein, sie sagte, dass sie sich sicher sei, dass Du Freitag kommen wirst. Für mich ist das eine Qual. Weiß sie mehr? Hat sie mit Dir gesprochen oder will sie mir einfach nur Mut machen. Ich weiß es nicht, allerdings weiß ich, dass Frauen sich gerne austauschen. Warum nicht auch diesmal? Lena sagt, es sei positiv zu sehen, dass Du Dich bis heute noch nicht bei mir gemeldet hast. Du solltest Dir ja zehn Tage Zeit nehmen und das machst Du nun. Allerdings gab sie auch zu bedenken, dass Du vielleicht nicht weißt, wie Du mit Deinem Freund Schluss machen sollst. Aber wir waren beide der Meinung, dass es kein Problem sein wird, wenn Du es wirklich willst.

Verdammtes Warten.

14. Dezember 2011

Mittwoch. Auch nicht viel anders als gestern. Heute habe ich frei. Ich muss um 15 Uhr zum Zahnarzt. Zahnarztbesuche sind mir so sympathisch wie Kopfschmerzen. Es hilft aber nichts, ich muss hin, der wurzelbehandelte Zahn meldet sich durch Druckempfindlichkeit. Antibiotika haben nicht geholfen, nun muss die Wurzel gekappt werden. Hurra! Noch etwas über achtundvierzig Stunden, dann haben wir Freitag, den 16.12. Über eine Woche habe ich nichts von Dir gesehen oder gehört. Ich merke, dass Du mir fehlst … Deine süße Art, Dein Lächeln, unsere schönen und langen Gespräche – unsere Berührungen.

Heute geht es mir etwas besser. Das Nichtbeachten des iPhones fällt mir leichter. Na ja, die letzten Stunden werde ich wohl auch noch durchhalten. Und ich möchte Dir danken: Du hältst Dich genau daran, worum ich Dich gebeten habe, denn Du weißt, dass es mir wichtig ist. Vielleicht hast Du Dich schon am ersten Tag, kurz nachdem Du den Brief gelesen hast, entschieden, nicht zu kommen. Aber Du nimmst mir nicht meine Gefühle, Du respektierst sie. Das ist nicht selbstverständlich. Du hättest auch egoistisch sein und mir schreiben können, dass Du das alles ganz und gar doof findest, dass aber Du hoffst, dass wir Freunde bleiben können. Aber nein, Du meldest Dich nicht. Darum bat ich Dich – bis Freitag. Wer weiß, vielleicht kommst Du nicht und schreibst mir nur eine SMS. Aber ehrlich gesagt, ich hoffe ich, dass Du das nicht tust.

Ich frage mich, ob es anderen Menschen genauso geht? Sind sie auch nervös, unglücklich und glücklich zugleich, spüren auch sie Hass und Wut, dann wieder Liebe? Oder gehöre ich zu einer Minderheit, die es maßlos übertreibt? Verhalte ich mich nicht meinem Alter entsprechend? Ab wann ist man zu alt für die reine Liebe? Schreibt man ab dreißig keine Liebesbriefe mehr? Darf man keine Sehnsucht und keinen Liebeskummer mehr haben? Ich habe manchmal das Gefühl, dass viele Menschen denken, dass dies der Teenagerzeit vorbehalten ist. Ich möchte das nicht glauben. Die Liebe in ihrer Grundform ist lebendig, kraftspendend. Natürlich wird es am Freitag nichts mit uns beiden, werden böse Zungen sich schon immer sicher sein, ich hätte selbst Schuld, dass ich mich von meiner Liebe so weit bringen ließ! Aber diese Menschen übersehen, dass nicht nur das Zusammenkommen entscheidend ist. Auch die Phase davor, das Sich-Bemühen, das Hoffen gehören zur Liebe dazu. Sollte ich mich all dieser Gefühle verschließen, nur weil ich Angst habe, verletzt zu werden? Nein, das werde ich nicht! Auch die negativen Gefühle gehören zur Liebe dazu. Sicherlich ist ein sicheres und solides Leben von Vorteil – aber ist es auch spannend? Ich gebe ein klassisches Beispiel: Herr X. arbeitet seit seinem Studium als Beamter. Er hat geregelte Arbeitszeiten, ein nettes Haus mit Vorgarten und eine liebe Familie. Er hatte aber in seiner Kindheit noch andere Träume, doch hat er diese nie verwirklicht. Ich denke, so geht es vielen Menschen. Man sollte den Mut haben, das zu machen, was man machen will. Oder zumindest den Versuch dazu unternehmen. In dreißig Jahren wird man mir hundertmal sagen können, dass ich damals

Zeit und Geld an Dir verschwendet habe. Aber – ich habe es zumindest versucht und damit meine innere Ruhe gefunden. Du wirst nie sagen können, ich hätte damals mal den Mund aufmachen sollen, dann wäre auch was draus geworden. Denn ich habe meinen Mund aufgemacht. Ich habe Dir gesagt, dass ich Dich liebe, mit Dir zusammen sein möchte. Wenn es nichts wird, kann ich damit leben, da ich es wirklich versucht habe.

Eben habe ich einen Film fertiggestellt. Er ist für Dich. Er zeigt uns. Einige Videos und Bilder von uns habe ich zu einem kleinen animierten Film zusammengeschnitten und Dir geschickt. Aber warum kommt mir diese Idee gerade heute? Ist es das Schicksal, das mich dazu bringt, Dir zwei Tage vor dem 16.12. diesen Film zu senden? Ich habe das Material und die Software schon seit Wochen und dennoch kam mir erst jetzt diese Idee. Ich finde das schon merkwürdig. Ich habe mir viel Mühe mit dem Film gegeben. Ich bin ein wenig stolz darauf, ich glaube, er ist mir gut gelungen. Er ist exakt 3 Minuten und 45 Sekunden lang. Untermalt ist er mit dem Song »Up where we belong« von Joe Cocker. Er zeigt Momente unserer gemeinsamen Zeit, teils mit Videos und teils mit Bildern. Nun hatte ich noch ein anderes Problem zu lösen: Die Datei ist sehr groß, viele E-Mail-Programme lassen das nicht zu. Ich wagte den Versuch: Film angehängt und auf Senden gedrückt. Bange Minuten des Wartens … kommt die Mail zurück? Auch nach 20 Minuten keine Fehlermeldung! Er ist also bei Dir angekommen. Morgen, wenn Du zur Arbeit gehst, wirst Du meinen Film in Deinem Postfach finden. Wirst Du überrascht sein oder ist es Dir egal? Vielleicht hast Du Deine Entscheidung schon vor Tagen getroffen und ich weiß es nur noch nicht.

Ich gehe nun zu Bett. Morgen muss ich ganz früh heraus. Arbeiten. Und dann ist endlich Freitag. Tag der Entscheidung. Ha ha! Klingt wie aus einem schlechten Hollywood-film … Gute Nacht.

15. Dezember 2011

Acht Uhr. Aufstehen, Duschen, Ankleiden und zum Dienst. Der Flug heute geht nach Kairo. Na ja, hätte mich schlimmer treffen können. Schon witzig: Damals, so im zarten Alter von zwölf Jahren, war ich totaler Ägypten-Fan. Ich wollte unbedingt zu den Pyramiden, aber habe es bis heute nicht geschafft, obwohl ich schon mehrmals in Kairo war. Leider reichte die Zeit nie aus, denn die Pyramiden sind ein gutes Stück von der Stadt entfernt. Egal, Pyramiden hin oder her, morgen ist unser großer Tag. Wie üblich, kein Lebenszeichen von Dir. Und von mir auch nicht, bis auf unseren Film. Es ist gleich halb neun, ich denke, Du wirst jetzt schon auf der Arbeit sein, den Computer hochfahren und meine E-Mail finden. Ich hoffe, Du weißt, was eine m4v-Datei ist. Aber Du hast ein kluges Köpfchen und findest das bestimmt schnell heraus. Unglaublich, morgen ist es endlich so weit. Ich freue mich. Dann ist die Zeit des Wartens vorbei. Ich werde also ab 18 Uhr in dem Hotel sein. Schön, wir haben es bis hierhin geschafft. Wie oft war ich versucht, Dir zu schreiben … dutzende Male. Aber ich habe durchgehalten, ich habe Dich nicht zu beeinflussen versucht.

Ob ich Dir auch fehle? Wir haben uns sonst ja jeden Tag geschrieben. Und nun, seit neun Tagen Funkstille. Aber ich hatte Dich darum gebeten und ich rechne es Dir hoch an, dass Du mir diese Bitte erfüllt hast.

Hey, und nun sitze ich hier im Hotelzimmer von Kairo. Nachts um 2:55 geht es zurück nach Frankfurt. Schön ist es hier. Ich wünschte, Du wärst bei mir. In Deutschland ist es nun 18.44 Uhr. Weniger als vierundzwanzig Stunden, dann habe ich meine Antwort. Es ist ein gutes Gefühl, denn die letzten zehn Tage waren hart. Ein Auf und Ab der Gefühle, ich war kurz davor, Dir zu schreiben. Aber ich habe durchgehalten. Ich wollte es und Du anscheinend auch. Wie schon gesagt, ich könnte damit leben, dass Du Dich gegen mich entscheidest, aber wenn ich gar nichts von Dir höre, werde ich doch tieftraurig sein, dass ich Dir so wenig bedeutet habe. Ich würde in diesem Moment von Deiner Seite den Versuch erwarten, die Freundschaft doch noch zu retten, oder eine letzte E-Mail zu schicken. Doch bis jetzt nichts. Das macht es für morgen spannend. Es ist die richtige Zeit, bald ist Weihnachten. Das Fest der Liebe und des Zusammensein. War es nicht herrlich romantisch, als wir im Auto saßen, uns umarmten und es anfing zu schneien? Diese Erinnerung kann mir niemand mehr nehmen. Die bleibt für immer.

Aber mal etwas ganz anderes: Was ist, wenn wir ab morgen zusammen sind? Daran habe ich noch gar nicht gedacht. Die neue Wohnung habe ich ja erst ab dem 1. Januar, dauert also noch ein bisschen. Willst Du solange noch in Deiner Wohnung bleiben? Mit Deinem Ex-Freund – das wäre er ja denn, wenn wir zusammenkämen. Aber diese Aufgaben sind lösbar. Die Liebe überwindet einfach alles, daran glaube ich fest, auch wenn es unheimlich kitschig klingt. Morgen, ja, morgen. Soll ich etwas vorbereiten? Soll ich eine Flasche Champagner kaufen? Soll ich das Notebook für gute Musik mitnehmen? Gute Frage. Wenn Du nicht kommst, war alles für die Katz, dann kann ich ein Frusttrinken veranstalten. Ich denke, ich werde ein bisschen vorbereiten. Und Musik hat mir, wenn ich allein war, auch noch nie geschadet.

Heute ist der letzte Tag vor dem großen Ereignis. Die Frage, die ich noch nicht beantwortet habe, die aber immer noch im Raum steht: Was denke ich? Was sagt mir mein Gefühl. Kommst Du oder kommst Du nicht? Es ist also Zeit, Farbe zu bekennen. Mein Gefühl sagt mir Folgendes: Von Anfang an haben wir uns super verstanden, sofort die Telefonnummern ausgetauscht. Sicher, es war auch, weil Du mehr über den Job bei der Lufthansa wissen wolltest, aber es war mehr zwischen uns. Schon das erste Treffen war unterhaltsam und interessant. Schnell wurden persönliche Themen angesprochen. Lena sagte mir, dass Du sonst mehrmals am Tag Deinen Freund angerufen oder ihm eine SMS geschrieben hast. Warst Du mit mir zusammen, hielt sich das stark in Grenzen, bis Du es am Ende ganz eingestellt hast. Oft rutschte Dir heraus, dass es Dir egal sei, was er sagt. Auch in Dubai hattest Du es nicht eilig, ihn zu kontaktieren, obwohl ich Dich mehrfach daran erinnert habe. Wir schrieben uns täglich, auch nachts, Du fragtest oft, was ich denn gerade mache, wo ich sei. Du stelltest mich Deiner Schwester vor, Deinen Arbeitskollegen und schicktest unsere Dubai-Bilder an Deine Eltern. Wir kamen uns näher, Du legtest manchmal Deine Hand auf die meine. Du nahmst Dir einen Tag frei, Du belogst Deinen Freund, damit wir länger zusammen sein konnten. Du sagtest mir, dass Du bei mir so sein kannst, wie Du wirklich bist, dass ich Dich verstünde. Du sagtest nicht »Lebewohl« zum Schluss, Du sagest »Tschüss«. Du wolltest mich umarmen, Du hieltest Dich lange an mir fest. Du ließest es zu, dass ich Dein Gesicht sanft streichelte. Das alles hast Du getan und ich habe Dich nicht dazu gezwungen. Und Du hältst Dich exakt an die zehn Tage Funkstille, worum ich Dich bat. Du weißt, dass es mir wichtig ist.

Du wirst morgen kommen. Das sagt mir mein Gefühl. Ich kann mir aber gut vorstellen, dass Du nicht genau weißt, wie Du es Deinem Freund beibringen sollst. Vielleicht kommst Du morgen mit einer Zwischenlösung? Du brauchst mehr Zeit? Dann aber einen festen Termin, bitte. Keine Halbheiten.

Morgen werden wir es wissen. Ich gehe nun schlafen. Ich liebe Dich wirklich. Mit Dir möchte ich alt werden. Nun liegt es an Dir, Dich zu entscheiden. Falls Du es noch nicht getan hast, hoffe ich, dass Du die letzte Nacht nutzen wirst. Hör auf Dein Herz. Nicht was Dein Freund oder ich will, ist wichtig, sondern das, was Du willst. Was Dich glücklich macht, das ist der Sinn des Lebens. Nicht was Du hinterlässt, sondern ein glückliches und erfülltes Leben. Gute Nacht.

16. Dezember 2011

Wir sind vor gut einer Stunde in Frankfurt gelandet. Kein Schnee. Heute ist es so weit, ich werde meine Antwort bekommen. Wie fühle ich mich? Hm, schwer zu sagen, irgendwie erleichtert. Ich habe die zehn Tage durchgehalten und Dich nicht kontaktiert. Eigentlich ging die Zeit schnell vorbei. Weniger als zwölf Stunden, dann sitze ich entweder allein im Hotelzimmer oder Du bist bei mir. Gestern Nacht hatte Lena noch geschrieben. Sie sagte, ich brauche nicht aufgeregt zu sein, das klappe schon. Mich wundert, dass sie so überzeugt ist. Ist es nur gut gemeint oder weiß sie mehr? Na, jetzt ist es auch egal. Heute Abend hat das Grübeln ohnehin ein Ende.

Doch, ich mag die Liebe mit all dem, was sie mit sich bringt. Das macht das Leben erst lebenswert.

Hm, ich muss doch noch mal kurz romantisch werden. Ich zähle einen Schokoadventskalender zu meinem weihnachtlichen Besitz. Heute versteckte sich hinter dem 16. Türchen ein Schokoherz. Na, wenn das nicht ein gutes Zeichen ist.

13.15 Uhr. Noch weniger als fünf Stunden und keine Nachricht von Dir. Ist das gut oder schlecht? Ich bin am Hadern. Ich werde mich nun um 17 Uhr auf den Weg ins Hotel machen, noch etwas einkaufen und dann auf Dich warten. Wenn Du um 18 Uhr nicht gekommen bist, wie lange soll ich dann warten? Bis 22 Uhr? Nein, ich denke, das ist zu lange. Wieder und wieder gehe ich die Punkte durch, die dafür sprechen, dass Du kommst. Warum ist Lena sich so sicher? Warum schreibt sie nicht einfach »Viel Glück!«? Warum sagt sie mir stattdessen, dass ich mir keine Sorgen machen muss? »Musst nicht aufgeregt sein, das klappt schon«, waren gestern ihre Worte. Du machst es aber auch spannend. Ich weiß, ich habe Dich darum gebeten, aber das muss ja nicht heißen, dass Du Dich daran hältst. Oder kommt die Absage per SMS kurz nach 18 Uhr? Ha, ich würde nicht darauf antworten. Da habe ich doch meinen Stolz. Was gesagt werden musste, wurde gesagt. Kommst Du nicht, wars das.

17. Dezember 2011

Der Morgen des 17. Dezembers 2011. Jetzt habe ich die Antwort. Und? Bist Du gekommen oder nicht? Hat sich das Warten gelohnt? Also, Du bist … ah, nicht so schnell, alles der Reihe nach:

Um ca. 15.30 Uhr hast Du mir kurz eine SMS geschickt: Du seist so durcheinander, doch abgesagt hast Du nicht. Ich schrieb Dir, dass Du einfach Deinem Herzen folgen sollst.

Danach kam keine Antwort mehr von Dir. Ich ging zu Hause auf und ab, wie ein eingesperrter Tiger im Käfig. Es wurde Zeit, nun gab es kein Zurück mehr. Gegen 17.30 Uhr machte ich mich auf den Weg ins Hotel und mietete dort die Suite. Ich setzte mich vor den Fernseher, das iPhone neben mir. Keine Nachricht von Dir, nichts.

18 Uhr. Das iPhone zeigt unser mögliches Treffen im Kalender an. Keine Jin Kyung. Nun, ich hatte nicht erwartet, dass Du pünktlich auf die Minute in der Tür stehst. Zehn nach sechs. Noch kein Lebenszeichen von Dir. Ich werde ein wenig nervös, schaue weiter fern, die Simpsons. Einfach ablenken. Ich höre Schritte auf dem Flur. Bist Du das? Nein, jemand geht an meiner Tür vorbei. Halb sieben. Ich beginne mir echte Sorgen zu machen, gepaart mit Traurigkeit. Keine JIn Kyung. Na ja, langsam stellte ich mich auf eine lange und einsame Nacht im Hotelzimmer ein. Viertel vor sieben. Die Hoffnung schwindet. Jetzt will ich eine Antwort, ich greife

zum iPhone, und tippe eine SMS ein. »Bin nun hier«, schreibe ich. Gesendet. Das iPhone meldet, dass die Nachricht sofort zugestellt wurde. Ich bin verwundert, denn ich weiß, dass Du dort, wo Du wohnst, mit Deinem iPhone keinen Empfang hast. Wärst Du zu Hause, hätte das Gerät nicht »sofort zugestellt« angezeigt. Innerlich mache ich mir Hoffnung, dass Du nicht zu Hause bist, sondern an einem Ort, wo Du Empfang hast. Vielleicht doch auf dem Weg zu mir? Ich halte es hier nicht mehr aus. Gehe ich halt noch mal kurz einkaufen.

Ich ziehe meine Schuhe an, dann Schal und Mantel. Ich trete auf den Flur, schaue mich um, keine Jin Kyung. Schwermütig steige ich die Treppe zur Hotellobby hinunter. Mir geht es nicht gut. Ich hätte mir so sehr gewünscht, dass Du kommst, dass Du uns eine Chance gibst. Na ja, sollte wohl nicht sein. Ich gehe durch die Drehtür und draußen empfängt mich ein stürmischer Regen. Na, toll, das Wetter passt ja zu meiner Gefühlslage. Ich spanne den Regenschirm auf und gehe forschen Schrittes. Ich schaue mich nach Deinem weißen Polo um, nichts. Ich gehe die Straße entlang. Das war es dann wohl. Das wird eine einsame und enttäuschte Nacht.

Plötzlich hält ein schwarzes Auto neben mir, Neumünsteraner Kennzeichen. Na super, denke ich, jemand, der gerade mich nach dem Weg fragen muss. Am Steuer erkenne ich eine Frau mittleren Alters. Erst jetzt nehme ich wahr, dass sich die Beifahrertür öffnet. Eine junge Frau steigt aus und schaut mich verlegen an.

Du bist da!